ALMA FLOR ADA ❋ F. ISABEL CAMPOY

Tablado de
DOÑA ROSITA

Ilustradores

WALDO SAAVEDRA

Margarita

ROSARIO VALDERRAMA

La siesta del arco iris

GABRIEL GUTIÉRREZ

La gata con botas

SANTILLANA USA

© Del texto: 2001, Alma Flor Ada y F. Isabel Campoy
© De esta edición:
2015, Santillana USA Publishing Company, Inc.
2023 NW 84th Ave, Doral, FL 33122

PUERTAS AL SOL / Teatro D: *Tablado de Doña Rosita*

ISBN: 9781631135491

Dirección editorial: Norman Duarte
Cuidado de la edición: Isabel Mendoza y Claudia Baca
Dirección de arte: Felipe Dávalos
Diseño: Petra Ediciones
Montaje de Edición 15 años: Grafika LLC.

ILUSTRADORES
WALDO SAAVEDRA: págs. 6–13
ROSARIO VALDERRAMA: págs. 5, 14–21
GABRIEL GUTIÉRREZ: págs. 22–32

Published in the United States of America
Printed in the USA by Bellak Color, Corp.
20 19 18 17 16 15   1 2 3 4 5 6 7 8 9

ÍNDICE

A Pedro García Cano, bienvenido.

FIC

A Julian Paul, Emily Flor, Ethan y Arturo Rey, que sigan alumbrando la vida sus sonrisas.

AFA

¡Arriba el telón!

Se oye la música,
hay ruido de sillas y mesas.

Unos pasos cruzan corriendo el escenario.
El roce de la tela de las faldas
al correr,
suena como un río de agua fresca.

Alguien grita:
"¿Preparados?"

Silencio.
Se apagan las luces.

¡Arriba el telón!

Margarita

Adaptación para la escena del poema
"A Margarita Debayle", de Rubén Darío

En la dramatización de este famoso poema del gran poeta
nicaragüense participan los siguientes personajes:

NARRADOR
MARGARITA
NARRADORA
PRINCESITA
EL REY, SU PADRE
EL ASTRO REY: EL SOL

A un lado del escenario
una niña sentada,
Margarita, dispuesta a
escuchar un cuento. El
narrador se dirige a ella,
aunque también al
público, en tono evocador.

Narrador:
Margarita, está linda la mar,
y el viento
lleva esencia sutil de azahar;
yo siento
en el alma una alondra cantar:
tu acento.
Margarita, te voy a contar
un cuento.

*La narradora,
desde el centro del
escenario, va a relatar el
cuento. Tanto el rey como
la princesita pueden estar
en escena todo el tiempo.
El rey, sentado en su trono.
La princesita, mirando
ensoñadoramente. Pero
ambos en silencio hasta
que les llegue el momento
de hablar.*

Narradora:

Éste era un rey que tenía
un palacio de diamantes,
una tienda hecha del día
y un rebaño de elefantes,
un kiosco de malaquita,
un gran manto de tisú,
y una gentil princesita,
tan bonita,
Margarita,
tan bonita como tú.

Una tarde la princesa
vio una estrella aparecer;
la princesa era traviesa
y la quiso ir a coger.

La quería para hacerla
decorar un prendedor,
con un verso y una perla,
y una pluma y una flor.

Las princesas primorosas
se parecen mucho a ti:
cortan lirios, cortan rosas,
cortan astros. Son así.

Pues se fue la niña bella,
bajo el cielo y sobre el mar,
a cortar la blanca estrella
que la hacía suspirar.

Y siguió camino arriba,
por la luna y más allá;
mas lo malo es que ella iba
sin permiso del papá.

Cuando estuvo ya de vuelta
de los parques del rey Sol,
se miraba toda envuelta
en un dulce resplandor.

Narradora:
Y el rey dijo:

Rey:
¿Qué te has hecho?
Te he buscado y no te hallé;
y ¿qué tienes en el pecho,
que encendido se te ve?

Narradora:
La princesa no mentía.
Y así, dijo la verdad:

Princesita:
Fui a cortar la estrella mía
a la azul inmensidad.

Narradora:
Y el rey clama:

Rey:
¿No te he dicho
que el azul no hay que tocar?
¡Qué locura! ¡Qué capricho!
El rey Sol se va a enojar.

Narradora:
Y dice ella:

Princesita:
No hubo intento;
yo me fui no sé por qué;
por las olas y en el viento
fui a la estrella y la corté.

Narradora:
Y el papá dice enojado:

Rey:
Un castigo has de tener:
vuelve al cielo, y lo robado
vas ahora a devolver.

Narradora:

La princesa se entristece
y se cubre de arrebol,
cuando entonces aparece
sonriendo el astro Sol.

Y así dice:

Rey Sol:

En mis campiñas
esa rosa le ofrecí:
son mis flores de las niñas
que al soñar piensan en mí.

Narradora:

Viste el rey ropas brillantes,
y luego hace desfilar
cuatrocientos elefantes
a la orilla de la mar.

La princesita está bella,
pues ya tiene el prendedor
en que lucen, con la estrella,
verso, perla, pluma y flor.

Narrador:
(Se dirige nuevamente a Margarita, pero incluyendo al público.)

Margarita, está linda la mar,
y el viento
lleva esencia sutil de azahar:
tu aliento.
Ya que lejos de mí vas a estar,
guarda, niña, un gentil pensamiento
al que un día te quiso contar
un cuento.

13

La siesta del arco iris

por F. Isabel Campoy

PERSONAJES

ALICIA
CONEJO AMIGO
AZULINA
BLANQUITA
NIÑO
NIÑA

AMARILLO
MORADÓN
ROJÍSIMO
ROSITA
ARCO IRIS

La escena tiene lugar en un bosque. Los colores llevan ropa del color que representan.

Alicia:
Tenemos que encontrar al arco iris.

Conejo Amigo:
Sí, desde que se ha perdido el arco iris
los colores han dejado de ser amigos. Mira,
mira por este agujero, ¿los oyes?

Azulina:
Soy el color más feliz del mundo.

Blanquita:
¿Me puedes decir por qué?

Azulina:
Porque yo soy el color de todas
las cosas hermosas.

Niño:
Es el color del cielo.

Niña:
Y del mar.

Blanquita:
El azul es un color
aburrido.

Azulina:
¿Aburrido?
¡Cómo puedes decir que el azul
es un color aburrido!

Blanquita:
Porque no es nada especial.
Hay muchas cosas de color azul.
Azul es el vestido de mi muñeca,
el agua del río y las flores de mi
jardín. El azul es un color repetido.

Amarillo:

¿Quién sabe qué cosas importantes
son de color amarillo?

Niño:

El sol.

Niña:

Los girasoles.

Moradón:

¡Un momento! ¡Un momentito!
¿Saben cuál es el color más bonito?
El color de las uvas.

Niño:

No, el de las tortugas.

Rojísimo:

¡Pero qué tonterías estoy oyendo!
¿A quién se le ocurre olvidar
al color rojo?
Rojo de tomate.
Rojo de remate.

Niño:

Rojo de fuego.

Niña:

Rojo de miedo.

Rojísimo, Azulina y Blanquita:
(A la vez.)
¡El mejor color es el mío!

Moradón:
Yo creo que debemos preguntar al público. Vamos a vestirnos de nuestro color favorito. Vamos a hacer un desfile de colores.

(Cuando ya se han puesto sus vestidos de colores.)

Blanquita: *(Vestida de nube.)*
Mi resplandor, a las nubes,
nadie se lo quita.
Yo me llamo Blanquita.

Azulina: *(Vestida de cielo.)*
Y yo soy el color del cielo,
como este lindo velo.
Me llamo Azulina.

Rosita: *(Vestida de flor.)*
Mi nombre y mi color
son los de una flor.
Me llamo Rosita.

17

Moradón: *(Vestido de uva.)*
Y yo soy un grano de uva grandón.
Y me llamo Moradón.

Amarillo: *(Vestido de sol.)*
El color del sol
es el que tiene más brillo.
Y yo me llamo Amarillo.

Rojísimo: *(Vestido de fuego.)*
Lo digo yo, Rojísimo:
el que más brilla
es EL FUEGO
¡y que nadie lo dude luego!

(De repente, se oyen truenos de tormenta. Empiezan a caer gotas de lluvia.)

Blanquita:
Creo que me he pisado el vestido
y se me ha roto una nube.
¡Ha empezado a llover!

Azul:
Se ha escondido mi cielo.

Rojo:
Se ha apagado mi fuego.

Rosita:
¡Que salga el sol!
¡Que salga el sol!

Moradón:
¡Que salga!
¡Que salga!

(Deja de llover.)

Arco Iris:
Hola, amigos.

Blanquita:
Y tú, ¿quién eres?

Arco Iris:
Yo soy un espejo. Miren, ¡mírense!
¿Qué ven?

Rojísimo:
El color rojo.

Azulina:
El color azul.

Amarillo:
El color amarillo.

Todos:
¡El Arco Iris!

Arco Iris:
Sí, he estado durmiendo
una siesta allá arriba
en el cielo. Y creí que era
hora de despertar.
Les traje esto.

Blanquita:
¿Un espejo?

Arco Iris:
Sí, y ¿qué ven en él?

Los colores: *(A coro)*
¡Un corro de amigos!

Dame la mano, amigo,
azul, rojo y amarillo,
morado y anaranjado.

Blanco, verde, rosa
para pintar cualquier cosa.

Todos amigos
bien abrazados.

Alicia:
Vamos, Conejo Amigo.
Al Arco Iris,
¡ya lo hemos encontrado!

La gata con botas

*Dramatización libre del cuento
de Charles Perrault,
por Alma Flor Ada*

PERSONAJES

CORO DE NIÑOS Y NIÑAS
NARRADORA
MOLINERO
PEDRO
PABLO
JUAN
GATA
REY
COCHERO
SOLDADOS DEL REY
CAMPESINOS
LA PRINCESA
OGRO

Coro de niños y niñas:
En la tierra de los cuentos
había un viejo molino;
con ayuda de los vientos,
hacía harina de trigo.

El dueño de aquel molino
era un viejo molinero.
Se puso malo en diciembre
y se murió para enero…

Narradora:
Ahora veremos lo que pasó
antes de que el molinero se muriera.
Al sentirse enfermo, llamó a sus tres hijos:
Pedro, Pablo y Juan.

ACTO 1

En la humilde casa del molinero. El molinero está
acostado en la cama, rodeado de sus tres hijos.

Molinero:
Pedro, tú sabes manejar el molino y la rueda.
Te los dejo. Te dejo también el perro. Tú, el molino
y el perro son tres.

Pedro:
Gracias, padre. Trataré de hacer siempre
buena harina.

Molinero:
Pablo, a ti te gusta ir y venir a la feria del pueblo.
Te dejo el carro y el caballo. Tú, el caballo
y el carro también son tres.

Pablo:
Gracias, padre. Trataré de cuidar del caballo
y le pondré ruedas nuevas al carro.

Molinero:

A ti, Juanín, solo te puedo dar esta moneda de oro. Es todo lo que me queda.

Juan:

Déjeme también la gata, padre. Así, la moneda, la gata y yo también seremos tres.

Gata: *(Frotándose contra las piernas de Juan para demostrarle que está contenta.)*
No te arrepentirás de haberme escogido, Juanín. ¡Miau, miau! No te arrepentirás.

ACTO 2

En el campo, frente al molino.

Narradora:
Llegó el verano y Pedro molió mucho trigo en su molino.
Pablo cargó la harina en su carro y la llevó a vender a la
feria del pueblo. Y Juanín empezó a sentirse preocupado.
¿Cómo emplearía él la herencia de su padre?

Gata:
Cómprame un sombrero, unas botas y unos guantes.
Verás que no te arrepentirás.

Juan:
Como no sé en qué otra forma emplear la moneda de oro
que me dejó mi padre, te los compraré.

Narradora:
Y ese domingo, Juanín fue a la feria del pueblo.
Y compró el más bonito par de botas que
encontró, unos guantes de piel
y un sombrero de fieltro.
¡Y qué elegante se veía la gata con botas!

ACTO 3

Frente al palacio del rey.

Narradora:
El lunes por la mañana, muy tempranito,
la gata se fue al bosque. Llevaba uno de los
sacos del molino y unas cuantas zanahorias.
Cuando llegó al bosque, colocó las
zanahorias dentro del saco. Con una ramita
seca mantuvo el saco abierto. Y se echó
a descansar a la sombra de un árbol.

Muy pronto, un conejo despistado pasó por allí.
Y creyó que había encontrado un tesoro.
Pero cuando más descuidado estaba,
comiéndose una zanahoria, la gata dio un salto,
levantó el saco y atrapó al conejo.
Y con el conejo en el saco se marchó la gata,
muy oronda, rumbo al palacio del rey.

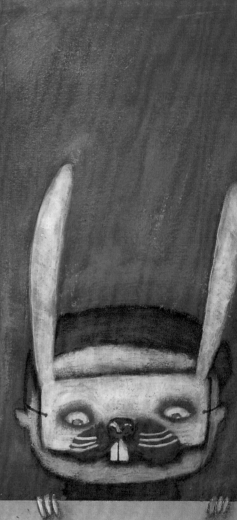

Gata: (*Gritando.*)

Aquí traigo un conejo, para Su Majestad el Rey. Se lo manda mi amo, el marqués de Carabás.

Rey:

¡Con lo que a mí me gusta el estofado de conejo! Dale las gracias a tu amo y dile que venga a visitarme.

Narradora:

La gata repitió su visita al palacio tres días seguidos. El martes, le llevó al rey perdices. El miércoles, codornices. Y el jueves, una hermosa trucha que había pescado en el río.

ACTO 4

En el camino, junto al río.

Narradora:
El viernes por la mañana, la gata se fue directo al palacio del Rey. Se puso a conversar con el cochero, y se enteró de que esa tarde el Rey saldría a pasear con su hija. La gata corrió al molino a buscar a Juan. Y le dijo que se fuera a bañar al río. Mientras Juanín se bañaba, la gata le escondió la ropa. Luego la carroza del Rey pasó por allí.

Gata: *(Gritando.)*
¡Auxilio! ¡Socorro! ¡Que se ahoga mi amo, el marqués de Carabás!

Rey: *(A sus soldados.)*
¡Detengan la carroza! ¡Auxilien al Marqués!

Gata:
¡Unos ladrones se han robado la ropa de mi amo, el Marqués de Carabás, mientras se bañaba en el río! ¡Por perseguirlos, casi se ahoga mi pobre amo!

Rey: *(A sus soldados.)*
¡Vayan ahora mismo al palacio y traigan uno de los trajes que yo usaba cuando era príncipe!

Narradora:
¡Y qué bien se veía Juanín
con las ropas del rey!

ACTO 5

Frente al castillo del ogro.

Narradora:
El rey invitó a Juanín a subir a su carroza.
La gata echó a correr adelante.
En aquellas tierras vivía un ogro muy feroz.
Se había apoderado de todas las tierras, y obligaba a los campesinos a trabajar para él.

Gata: *(A los campesinos.)*
¿De quién son estas tierras?

Campesinos:
Del ogro que vive en aquel castillo.

Gata:

Cuando pase el Rey por aquí, díganle que las tierras son de ustedes y que el castillo es del marqués de Carabás. Si lo hacen así, los libraré del ogro y las tierras serán verdaderamente de ustedes.

Narradora:

Al poco rato pasó por allí la carroza del Rey.

Rey: *(A los campesinos.)*
¿De quién son estas tierras y ese castillo?

Campesinos:

Las tierras son de nosotros, que las trabajamos. El castillo es del señor marqués de Carabás, que vive en él.

Rey: *(A Juanín.)*
¡Qué hermoso castillo tienes, Marqués!

Narradora:

Juan se sonríe en silencio, porque no entiende lo que está pasando.
La Princesa mira a Juan. Le sonríe y piensa: "¡Qué simpático es!".

ACTO 6

En el castillo del ogro.

Gata: *(Tocando la puerta.)*
¿Es verdad que el ogro que vive aquí
puede convertirse en cualquier animal?
¡Porque eso me parece un cuento
de camino!

Ogro: *(Asomándose, convertido en león.)*
¡Grrrr!

Gata: *(Escondiéndose detrás de un árbol.)*
¡Bah! Eso no es tan difícil. Lo difícil
sería convertirse en un animalito pequeño.

Ogro: *(Asomándose, convertido en ratón.)*
¡Iiiii!

Narradora:
Y como habrán muy bien podido imaginarse
ustedes, esto fue lo último que dijo el ogro.
Porque en un abrir y cerrar de ojos, la gata
de un bocado se lo comió.
Todavía estaba la gata relamiéndose
los bigotes, cuando llegó la carroza del Rey.

Gata:

¡Bienvenidos al castillo del marqués de Carabás!

Rey:

Buen castillo tienes, Marqués. Además, veo que te gusta mi hija y que tú le gustas a ella. Me parece que deberían conocerse mejor.

Narradora:

Y Juanín y la princesa se conocieron mejor. Y decidieron casarse.
El día de la boda hubo muchísimos invitados. ¡Y qué elegante se veía la gata con botas y guantes nuevos y un gran sombrero de fieltro!